¡Aprende a leer, paso a paso!

Listos para leer   Preescolar–Kínder
• letra grande y palabras fáciles • rima y ritmo • pistas visuales
Para niños que conocen el abecedario y quieren comenzar a leer.

Leyendo con ayuda   Preescolar–Primer grado
• vocabulario básico • oraciones cortas • historias simples
Para niños que identifican algunas palabras visualmente
y logran leer palabras nuevas con un poco de ayuda.

Leyendo solos   Primer grado–Tercer grado
• personajes carismáticos • tramas sencillas • temas populares
Para niños que están listos para leer solos.

Leyendo párrafos   Segundo grado–Tercer grado
• vocabulario más complejo • párrafos cortos • historias emocionantes
Para nuevos lectores independientes que leen oraciones simples
con seguridad.

Listos para capítulos   Segundo grado–Cuarto grado
• capítulos • párrafos más largos • ilustraciones a color
Para niños que quieren comenzar a leer novelas cortas, pero aún
disfrutan de imágenes coloridas.

STEP INTO READING® está diseñado para darle a todo niño una
experiencia de lectura exitosa. Los grados escolares son únicamente guías.
Cada niño avanzará a su propio ritmo, desarrollando confianza en sus
habilidades de lector.

Recuerda, una vida de la mano de la lectura comienza con tan sólo un paso.

Para Connie.
—C.R.

Para Gustavito: espero que encuentres
el amor por los libros en estos títulos.
—E.M.

Text copyright © 2016 by Candice Ransom
Cover art and interior illustrations copyright © 2016 by Erika Meza
Translation copyright © 2021 by Penguin Random House LLC

All rights reserved. Published in the United States by Random House Children's Books, a division of Penguin Random House LLC, New York.

Step into Reading, LEYENDO A PASOS, Random House, and the colophon are registered trademarks of Penguin Random House LLC.

Visit us on the Web!
StepIntoReading.com
rhcbooks.com

Educators and librarians, for a variety of teaching tools, visit us at RHTeachersLibrarians.com

Library of Congress Cataloging-in-Publication Data
Ransom, Candice F., author.
Apple picking day! / by Candice Ransom ; illustrated by Erika Meza.
   pages cm. — (Step into reading. Step 1)
Summary: "A family spends a day at an apple orchard." —Provided by publisher.
[1. Stories in rhyme. 2. Apples—Fiction.] I. Meza, Erika, illustrator. II. Title.
PZ8.3.R1467Ap 2016
[E]—dc23
2015011571

ISBN 978-0-593-37973-8 (Spanish edition) — ISBN 978-0-593-37974-5 (Spanish lib. bdg.) — ISBN 978-0-593-37975-2 (Spanish ebook)

Printed in China

10 9 8 7 6 5 4 3

First Spanish Edition

Random House Children's Books supports the First Amendment and celebrates the right to read.

Penguin Random House LLC supports copyright. Copyright fuels creativity, encourages diverse voices, promotes free speech, and creates a vibrant culture. Thank you for buying an authorized edition of this book and for complying with copyright laws by not reproducing, scanning, or distributing any part in any form without permission. You are supporting writers and allowing Penguin Random House to publish books for every reader.

¡A recoger manzanas!

Candice Ransom

ilustrado por Erika Meza

traducción de Juan Vicario

Random House 🏠 New York

En la mañana
la ciudad dejamos.

Pasamos el bosque,
marrón y dorado.

Sobre colinas,

grandes y chicas.

Veo manzanas.

Otoño, ¡buen día!

Hacia los árboles
nos lleva el tractor.

En las hojas
escaleras veo yo.

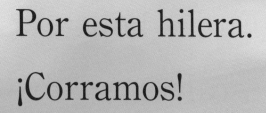

Por esta hilera.
¡Corramos!

Muchas manzanas
en ese árbol.

Recojo arriba.

Recoges abajo.

Las manzanas van
en nuestro canasto.

Ave azul con hambre
aletea y salta.

Picotea

y se cae una mala.

Comparte manzanas.

Y ahora, mi turno.

Mmm, ñam, ñam.
¡Un gusano! ¡Puaj!

¿Ves esa manzana
allá en lo alto?

De puntitas,
¡sólo aire alcanzo!

Intento de nuevo.

Dos caen abajo.

Una para mí
y una para ti.

El niño en ese árbol
hace una mueca.

¡Rápido, recoge rápido!

¡La carrera empieza!

Salimos del huerto
en el tractor.

Separamos manzanas,
verdes y rojas.

Sidra de manzana.

Tarta de manzana.

Calientes y fritas
donas de manzana.

Un día alegre acaba.

¡Amamos el otoño!

Ricas manzanas,

lo mejor de todo.